가애의 이영근
可愛依 李榮根
Lee Young Geun

詩 畫 集

Poem, Painting Book

이화문화출판사
梨香文化出版社

서 문

한 여름의 무더위, 게다가 비가 한 동안 오지 않아 농사걱정이 대단하였다.

기다리던 비가 늦게나마 오더니 이제는 와도 너무 온다. 남쪽에서 큰 태풍과 함께 오니 농사와 과실 피해가 크다. 지구촌 곳곳에서 화산과 지진으로 많은 인명이 희생되고 온갖 크고 작은 사고가 아침저녁으로 끊임이 없다. 천지불인(天地不仁)이라 하였듯이 우리 인간이 바라는 대로 움직여주지 않는 것이 자연의 섭리일 것이다. 그러나 우리는 이러한 현상에 주의 깊고 민감하게 관찰하고 잘 대응하여야만 그나마 화를 최소화하고 피해를 줄일 수 있을 것이다. 그것은 아마도 우리에게 주는 일종의 경고일지도 모른다.

인간이 문명의 이기를 위하여 지성과 지식, 지혜의 미명하에 마구 대자연을 훼손하였기 때문에 그 대가를 치르고 있는지도 모른다.

이제는 지구촌이 약육강식의 공룡시대 패권주의의 이념 논쟁과 정치 경제 논리로 자국의 국수주의에서 벗어나 인류의 보편의 가치와 공동관심사에 대하여 진정하고 진지한 대화와 합의를 이끌어 내야만 한다. 대자연은 우리의 영원한 스승이요 삶의 터전이고 포근한 안식처이기 때문이다.

이름 하여 녹색혁명! 아무리 IT정보 산업화가 발전되어도 우리의 심성은 자연을 떠나서는 황폐화되어 가기 때문이다. 오죽하면 문명파괴라는 말이 자주 등장할까?

공자사상은 인간관계의 humanism에 대한 윤리를 우리에게 가르치고 있지만 노자와 장자는 일찍이 우주와 대자연의 섭리와 인간과의 관계를 설명하였다.

그 옛날에도 대자연에 대한 존중, 동경을 통하여 우리의 삶과 가치를 조명하려 하였던 것이다. 일전에 매스컴에서 제주도 남단에서 약 1억 5000만 년 전에 공룡의 발자국이 발견되어 학계를 긴장시킨 적이 있었다.

우리 인생은 길어야 80, 90년 일상 속에서 몇 십 년, 우리의 인류를 더듬어 볼 때 몇 백 년, 몇 천 년의 세월을 유추해 보지만 아득한 그 옛날 이곳 지구상에 주인공이었던 거대한 공룡 (35 TON, 37 M)이 살았다니 참으로 신기하고

경외스럽다. 시야를 내 주변, 내 나라, 내 민족 우리의 역사를 더듬어 보면 오늘의 우리가 이렇게 안녕과 풍요의 삶을 영위할 수 있다는 것은 결코 우연이 아님을 알게 된다.

일제의 암흑기를 지나 해방과 더불어 민족상잔 희생의 쓰라린 과거를 경험하였으며 산업화와 민주화의 정치 격변기를 통하여 우리는 세계 속의 한국인임을 자랑스럽게 여기게 되었다. 이제는 선진화의 문턱에서 우리는 다시금 허리띠를 졸라매고 정신무장, 가치관의 재정립, 도덕성의 회복을 통하여 경제대국만이 아닌 문화대국, 주권대국임을 자랑스럽게 만들어야 할 것이다.

다시는 후손에게 윤동주와 같은 처절한 현실을 노래한 시인이 나오지 않도록 해야 한다. 다시금 일송정 혜란강에 청춘을 바친 독립투사를 만들지 말아야 한다. 작금의 사회경제 정치현실은 우리의 주어진 지정학적인 배경과 패권 열강 속에서 특히 북과의 대치 긴장국면에서 많은 우려를 낳고 있다. 동서의 화합, 계층 간의 소통과 정의경제 민주화의 실현이야 말로 오늘의 시대정신임을 정확히 바라보아야 할 것이다. 진정 자기 성찰의 바탕위에 상호소통과 이해존중을 통하여 하나를 이루어 나갈 때 쓰라린 과거의 경험을 되풀이 하지 않고 떳떳하고 자랑스러운 조국을 후손에게 물려줄 것이다.

지나온 세월의 뒤안길에서 이제는 후배들에게 들려주고 싶은 몇 마디를 적어보았다.

오늘도 바람이 세차게 불어온다. 이제는 뜨거웠던 햇볕도 힘이 약해졌다.

아침저녁으로 시원한 바람이 불어오니 분명 가을이 온 것이다. 가을에는 내가 하고픈 일은 하려 한다. 그간 스쳐 지나간 상념의 편린들을 어설프지만 주어 모았다. 다듬지 못하고 세련되지 못함을 고백치 않을 수 없다.

이제 다시 함께 힘을 모아 우리의 꿈을 펼쳐나가자.

겨울이 오기 전에.

가애의 서화실에서
이 영 근

盛夏酷暑难耐,而且,好长一段时间不见半滴雨水,让人不由担心农作物的长势。迟迟等来了雨,却又下得太过猛烈。雨伴随着从南面刮来的颱风,给农作物带来了極大的影响。地球村上下多处火山喷发、地震来袭,造成重大人员伤亡,大大小小的事故接二连三地发生。正可谓天地不仁,大自然不会随人意。对这些灾难,我们要仔细而敏锐地观察,采取有效的措施,以最大限度地降低损失。或许,这是大自然给我们敲响的警钟。

人类只图生活的方便,打着知性、知识、智慧的幌子,肆意破坏了大自然。或许,现在正是为此付出相应的代价。如今的地球村,应摆脱弱肉强食的恐龙时代霸权主义,以及国粹主义思潮的束缚,应该对人类普遍的價值與共同关心事物进行真实、真诚地对话與合作。因为,大自然永远是我们的导师,是我们生活的家园,是我们温暖的家。

又名绿色革命!

不管 IT 信息产业化进步到何種程度,只要远離大自然,我们的心灵会日趋枯竭。要不然,"破壞文明"一词又怎能频频出现呢?孔子思想教会我们的是人與人之间的人道主义(humanism)伦理,而老子和莊子则早先提及过宇宙和大自然的规律與人类的关系。

可见,早在先前,人们就想通过对大自然的尊敬與憧憬,明示人类的生活和价值。日前,媒體报導了在济州岛南端发现了一億五千萬年前的恐龙脚印的事实,轰动了整個学界。人的一生也只不过八、九十年,审视人类的历史,也不过幾百年、幾千年,而在那久远的过去,这地球的主人曾经是恐龙,这是多麼神奇而令人敬畏的事情呢。再把视线转向我们的周围、我们的国家、我们的民族與历史,便可发现今天的我们享有的安宁、富饶的生活并不是一种偶然。

经历了日本帝国主义侵佔的黑暗期後，解放的同时又经历了同族相残的悲痛历史，而经历了产业化和民主化的政治剧变期後，我们终於因自己是这个世界中的韩国人而感到自豪。在迈向發達國家門檻的时点上，我们要重新勒紧腰带，通过精神武装，重新树立價值观，恢復道德性，由此自豪地彰显出我们国家不仅是经济大国，同时还要成為文化大国、主权大国。

我们的後代，不能再出现像尹东柱那样歌唱悲惨现实的诗人。不能再出现把青春献给一松亭、海兰江的革命烈士。如今的社会、经济和政治局面，以及我们所处的地缘政治環境和霸权主义的影响，特别是與朝鲜对峙的紧张局面，给我们带来了很大的不確定性。

我们应该正確认识到，实现东西融合，实现阶层间的沟通，实现正义经济民主化才是当今世界的时代精神。真正在自我反省的基礎上实现相互沟通、互相尊重，并融为一體时，才不会重復痛苦的历史，才可以自豪地把祖国留给下一代。

在这岁月流逝的小径里，想讲幾句话给後辈们聽。今天风刮地依舊猛烈。炙热的阳光也渐渐消退。早晚开始吹起凉风，分明是秋天到了。这个秋天，我要做我想做的事情。捡起了一些已逝去的思绪碎片，不得不承认其不够完美。重新携起手来实现我们的梦想吧！在冬天来臨之前。

於可愛依書畫室

李 榮 根

The summer days have been sultry and sweltering. A combination of the hot weather and drought has raised mounting fears about the harvest for some time. A long awaited rain has finally come and now it is pouring and flooding.

The rain coupled with typhoons wreaked havoc on the crops and fruits. Volcanic eruptions and earthquakes the world over are causing the loss of human lives and frequent devastations of varying intensity. As Laotzu says, heaven is impartial and Mother Nature is not dictated by human beings.

Nevertheless, a careful observation of and meticulous response to the natural phenomenon would minimize harm and lessen the damage. The wrath of nature may be trying to remind us that we are at her clemency after all. Human beings are probably paying for the destruction of nature undertaken for the sake of convenience and in the name of intellectuality, knowledge and wisdom.

Now is the time when humanity should extricate itself from the vicious cycle of imperialism, hegemonism, ideological rivalry, and chauvinism to promote dialogue and consensus on the issues of common interest and universal values. Mother Nature is our eternal teacher, the nest of our livelihood and a comfortable place of rest.

Hence, Green Revolution!

Our hearts would be drained without nature no matter how we develop IT industries. No wonder we often hear the words, "destruction of civilization."

While Confucius taught us about ethics in human relations, Laotzu and Zhuanzi expounded the providence of nature and the universe and its relationship with men. Our forefathers groped for the values of our life by revering Mother Nature.

Recently, the discovery in southern JeJu Island of foot-prints of dinosaurs that lived 150 million years ago raised intense interest among academia.

The average life span of human beings is 80 or 90 years at most. So it seems unimaginable that huge animals like dinosaurs (weighing 35 tons and reaching 37 meters tall) roamed the surface of the earth thousands of years ago. Looking back on the history of our nation and our people, we realize that the prosperity and wellbeing we enjoy today have not been an accident at all.

Having gone through the dark period of Japanese colonial rule, liberation and the fratricidal war, we have come to take pride in being Koreans after industrialization and democratization.

Now we are on the brink of joining the ranks of advanced countries. Instead of being complacent with our economic success, we have to renew our spirit to forge a cultural power by restoring our national pride, values and morals.

We cannot afford to have another poet like Dong Ju Yoon, who had to lament the reality of the times. Nor should we see our youths turn into independence fighters. The socio-economic situations surrounding the Korean peninsula are causing tension among the world powers, especially given the confrontation between the north and south.

We should keep in mind that harmony between the eastern and the western regions, connectedness between classes, and realization of economic democratization are the spirit of the times. Only when we come together on the basis of soul-searching, mutual understanding and respect, will we be able to hand down our fatherland to the next generation with pride without finding ourselves falling back on our past mistakes.

Upon retrospect on the trail I treaded, I have penned my thoughts for the next generation.

Again today, a strong wind is blowing. The scorching sun has lost its passion. Cool breezes in the morning and the evening forecast autumn. I would like to do what I have always wanted to do in the coming fall. I have compiled what pieces of thoughts I had. I have to confess that they are not refined and sophisticated.

I wish to get across my message that we should join forces to make our dreams come true.

Before the winter comes!

Young Geun Lee
At the Gaeui Calligraphy & Painting room

목차
LIST
自序

설레임

하늘엔 흰 구름
땅엔 푸르고 노란 단풍
가슴엔 무지개가 피었다.
소풍가던 날 어머니가 싸주시던 달걀 몇 알
소나무 밑둥 낙엽 속에 숨겨놓은 하얀 쪽지를 찾았을 때의
설레임!

운동회 날 경주를 앞두고 요란한 행진곡과
만국기가 운동장 가득 펄럭이던 날
나는 백군 친구는 청군 야속했지만 신났다
아직도 난 왜 그때의 추억을 잡으려 할까?
내가 동경하는 추억의 그림을 오늘도 설레임으로 그린다.
아무도 모르는 그림을

1

蕩漾悸動的心

天空是白雲
地上是黃黃綠綠的紅葉
心中綻放着彩虹
遠足日媽媽在盒飯里
包的是幾粒煮鷄蛋
找到藏在松樹底下落葉堆里
白色紙條的興奮悸動
運動會賽跑前雄偉的行進曲
萬國旗飄揚在運動場的日子
我是紅隊朋友是藍隊
雖然冷酷但還是興高采烈
我爲何還想捕捉那時的記憶呢？
我嚮往着記憶中的畫儿
今天我以蕩漾悸動的心塗鴉畫畫儿
沒有人能了解的畫儿

Exited

White clouds up in the sky,
Green and yellow leaves on the ground,
A rainbow in my heart,
A couple of eggs Mom prepared for my school picnic!

On a school sports day,
With fanfare blaring, flags fluttering.
Divided between Blue team and Red team.
Wished I were on the same team as my friends.

Why am I trying to grasp the fleeting moments?
I find myself drawing the memories.
Memories kept long to myself.

探春 (제비)　35×45cm

이웃나라

말이 달라도
마음은 알고 있다.
습관은 달라도 가슴은 알고 있다.
이전엔 우리가 한 집안이었다는 것을
흐린 날 서로가 언성을 높이고
맑은 날 함께 소풍도 갔었지
서로 만나 웃으며 땅과 바다와
하늘의 이야기를 노래했었지
그리고 우리의 화평과 번영
내일을 위하여
손잡고 마음을 열어야지
우리는 형제 이웃사촌

隣國

语言不同
但是心有靈犀一點通
习惯不同
但胸懷相通
我们曾经是一家
阴天时曾经争吵过
晴天时也曾一起郊遊过
相见欢笑
共唱碧海蓝天之歌
我们为了和平和繁荣
为了明天
要手携手敞心胸
我们是兄弟之邦

2

Neighboring Country

We speak different tongues.
But we have empathy.

Our habits differ.
But we know we belonged together.

We had an argument on a cloudy day.
But together we had an outing on a fine day.

We talked about the land,
the sea and the sky, laughing.

We as neighbors should
open our hearts for peace and prosperity,
and for a better tomorrow.

無題26　90×120cm

왕 잠자리

잠자리를 잡고 싶었다.
나도 잠자리처럼 날고 싶었다
나는 지금 잠자리를 타고 간다
내 꿈과 함께 멀리 멀리 창공을 헤치는
잠자리
왕 잠자리
파랑 초록의 몸통
진한 갈색의 배와 날개
이 세상 어느 비행기보다 아름답고
나의 마음을 설레게 했던
잠자리
왕 잠자리

3

大蜻蜓

我想捉蜻蜓
我很想像蜻蜓一样飞翔
我现在骑在蜻蜓背上遨游
與我的梦一起飞向遥远的苍空
蜻蜓
大蜻蜓
蓝绿交织的身躯
深褐色的腹部和翅膀
比这世界上任何一架飞機更漂亮
让我动心的
蜻蜓
大蜻蜓

Monster Dragonfly

Wanted to catch the monster dragonfly.
Wished to fly like it.
I am flying on it.
It is ripping through the sky loaded with my dreams.
The monster dragonfly.

The chest, blue and green.
The stomach and the wings, dark brown.
The dragonfly, more slender and attractive than any airplane.
The monster dragonfly.

雄姿 46×70cm

4

한강

흐르는 역사 속에
오늘도 도도히 그 물줄기를
이어가고 있다. 유수무궁
민족의 영욕을 함께 하며
가난과 억압의 굴레를 벗어나
오늘의 자유와 풍요 속 에서
희망과 내일의 소망으로 이어가고 있다

수 많은 땀과 한은
이제 어제의 추억일 수 없다
찬란한 이야기의 속삼임이
이 곳 에서 꽃피고 있다
물줄기를 가르는 쾌속 보트에서, 유람선에서
잠자리 요트 위에서
갈매기와 비둘기가 노니는 한강변
그 옛날 사공들의 모습을 그려 본다

漢江

在历史的长河中
那滔滔的河水
仍源远流长地淌着
流水无穷
與民族荣辱一起
摆脱贫困和压迫的束缚
在今日的自由和豐饶中
向着明日的希望和期待流着
無数的汗水和怨恨
不再是昨日的记忆
灿烂故事的袅袅细语
在此处绽放着花朵
冲破河浪
快速艇和遊览船，还有蜻蜓游艇上
海鸥和鸽子在汉江边飞翔
回忆着昔日船夫的景象

4

Han River

Flowing as ever,
Witnessing the ups and downs of the people,
From poverty and oppression to freedom and affluence,
To hopes for tomorrow.

The sweat and sorrow of yesterday give way to
smiles of tomorrow.
Seagulls and pigeons hover over
the speed boats, leisure boats, and yachts.
I am visualizing the boatmen of the past.

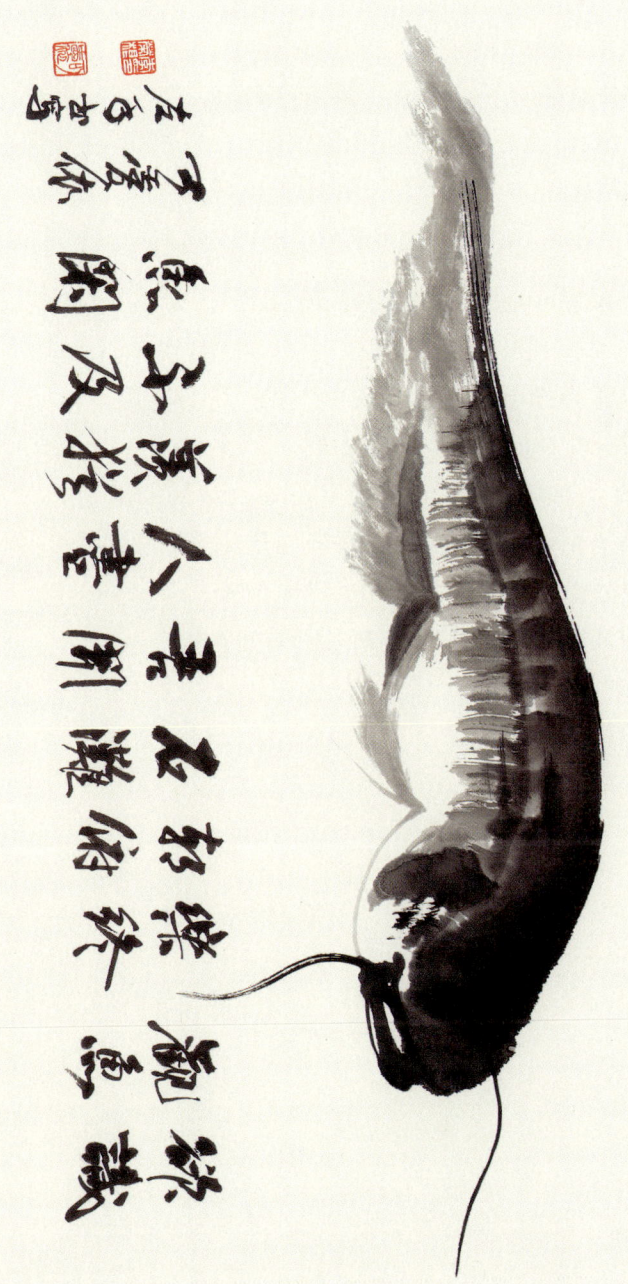

5 오늘

오늘을 잃어버리지 않게 하여 주시옵소서
비록 오늘 비바람이 몰아치고 눈보라가 날려도
감사할 수 있는 것은 오늘을 허락하신
하나님의 은혜가 너무도 크기에,
이 오늘 하루라도
이웃을 위하여 고통 받고 외롭고 힘들어 하는
사람들을 위하여 조그만 힘이 되게 하여 주소서
그리고 기뻐하며 즐거워하며 감사하며 사는
오늘이 되게 하옵소서!

5

今天

請不要讓我們失去今天
儘管今天颱風下雪
但還是感謝上帝賜給我們今天
上帝的恩寵太隆盛了
儘管就只是今天一天
爲了鄰居
爲了受盡苦楚
感到痛苦孤獨的人們
請賜給我們一些力量
祈求今天是幸福快樂
和感恩的一天

Today

May the Lord help me not to lose sight of today!
I am grateful despite the storm and blizzard
for this day and thy abundant grace.
May the Lord help me give a helping hand to
those in pain, those lonely!
May the Lord help me live today with joy and gratitude!

눈부심 (百日紅)　44×37cm

겨울이 오기 전에

너무 늦게 않게 서두르게 하옵소서
추워지고 눈보라가 몰아치면 그 항구가 얼어버리기에
디모데의 늦은 후회가 되지 않게 하여 주시옵소서
오늘 미리 준비하고 시작하게 하여 주시옵소서
내일은 우리에게 허락하신 시간이 아닐지도 모르니까
따뜻한 봄날
꽃피고 나비가 춤추는 그 날을 위하여
미리 준비하게 하여 주시옵소서
머지않아 찬 바람 부는 겨울이 오면
그 곳에 가기 어려울지도 모르기 때문
지금 떠나게 하옵소서
겨울이 오기 전에

6

冬天来临之前

祈求上帝让我们动作快些
凡事不要太迟了
若寒风吹起暴雪袭来
港口会结冰的

祈求上帝别让我们像提摩太一样後悔
让我们今天先做好準备
凡事马上开始
也许明天就不属於我们的了

祈求上帝让我们先做好準备
在温暖的春天
为了欣赏花兒绽开
观看蝴蝶飞舞的日子

祈求上帝让我们即刻出发
在冬天来临之前
寒风刮起的冬天到来的话
也许就去不了那兒

Before Winter Comes

May the Lord help us hurry not to be too late!
Give us the warning that Timothy was given lest
we should regret.
The port may freeze when the blizzard comes.
Help us get started and prepared today.

We fear tomorrow may not be granted.
Help us be prepared for the warm days
when flowers bloom and butterflies dance.
When winter comes soon, it may
be difficult to get there.
Help us leave now
before winter comes.

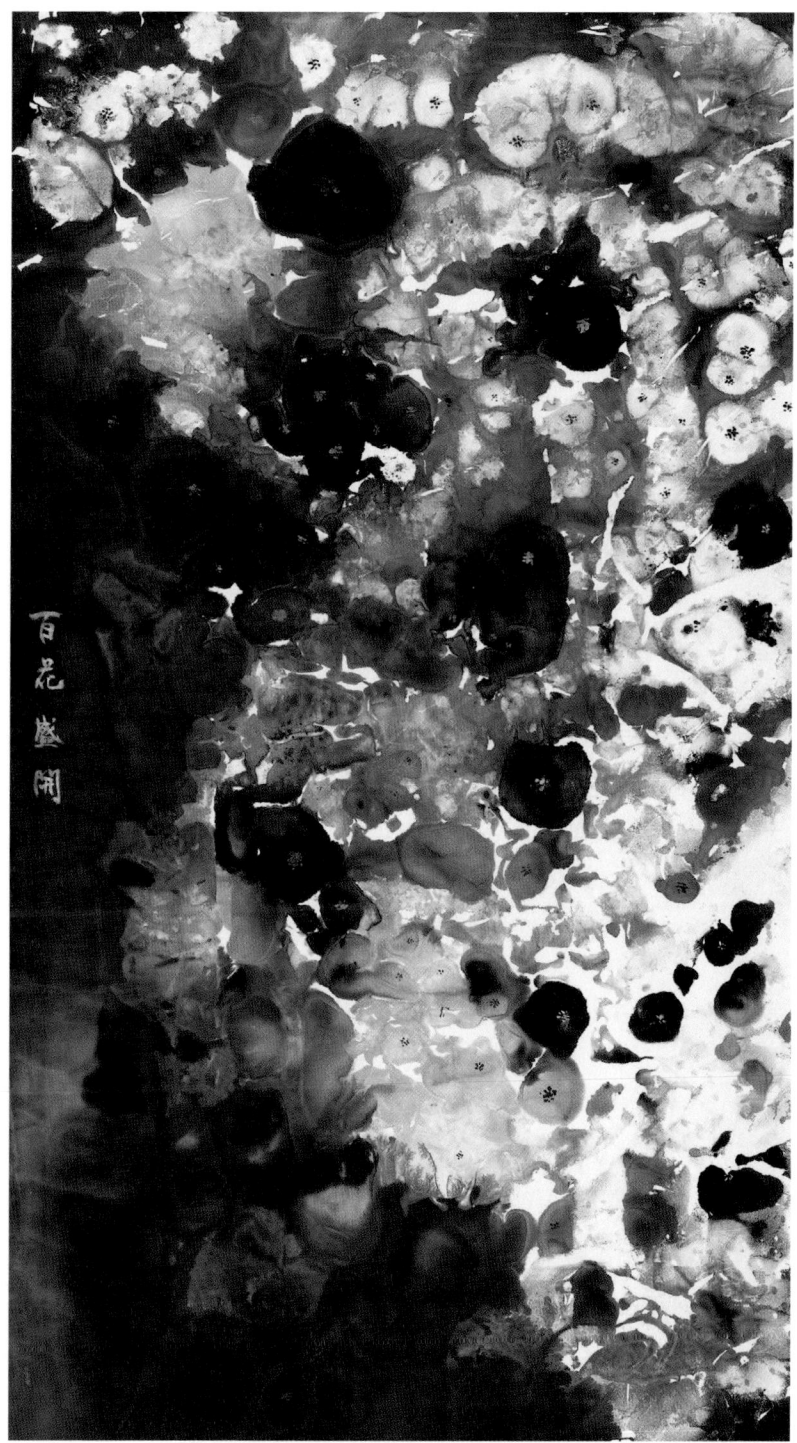

百花盛開　90×180cm

한 밤중 전화 벨소리

그것도 한 밤중 적막 속에
전화벨 소리가 요란하다
아니 이 밤중에 웬 전화가
벌써 몇 번째 인가!
누가 전화한 것일까!
별의 별 생각을 다 해봐도
확신이 가지 않는다
아마도 하늘에 계신 어머니 아버지께서
대신 전하실 말씀이 계신 모양이다.
그런데 무슨 말씀이라도 해주셔야
알아들을 텐데 답답하다
다가오는 청명 한식 때 가서
직접 여쭈어보겠다

半夜的電話鈴聲

在萬籟寂靜的深夜裏
電話鈴聲響得厲害
在這半夜裏是什麼電話
已經響了好幾次
到底是誰打來的電話
左思右想思考了半天
仍不得而知
也許是在天上的父親和母親
有話要跟我們說吧
不過要告訴我們才知道啊
真是納悶啊
即將到來的清明時節
直接去聆聽吧

Telephone Bell Ringing in the Middle of the Night

Telephone bell is breaking the midnight silence.
Who is calling at this hour?
So many times at that.
Who is calling?
Can't figure it out.

Mom and Dad in heaven may have a message.
Silence at the other end of the line.
Must visit their tombs and ask.

無題18　70×100cm

안개

오늘따라 안개가 짙게 드리운다
그것은 마치 따뜻한 연기
부풀은 솜사탕
잘 번진 수묵화
그 중에서도 수채화처럼 하얗게 번진
안개, 물안개, 밤안개
신선이 노니는 무릉도원의 운무
수많은 기암괴봉의 안개
오늘도 안개 속에
포근히 쌓이고 싶다

8

霧

今天的霧特別濃
就好像是溫暖的煙
　　　蓬鬆的棉花糖
　　　洇染得很好的水墨畫
其中最像水彩畫
洇開成一片白色
霧、山霧、夜霧
神仙居住的武陵桃花園雲霧
不盡其數的奇岩怪石間的霧
今天也希望在霧中
被暖融融地圍繞著

Fog

Fog has unfolded low today.
Looks like warm smoke, fully blown cotton candies,
and well-smudged water paintings.

Fog comes in myriad shapes.
White smudged fog, wet fog, night fog, mountain fog
and rock fog.
Wish I were wrapped in fog.

현장 휘호

한 올의 터럭
날리면 어디론가 사라지네
힘을 합하여 일만호가 모였다
가늘고 길고, 굵고 짧고
십인십색 생각 따라 형형색색
이리저리 내치고 밀치고 당기고 비틀고
힘을 모아 운필하니 하늘의 구름 천변만화
땅의 산천초목 만물이 태고의 형상 따라
기기묘묘, 각양각색
오늘 재능가인들이 한자리에 모였다네
저마다 갈고 닦은 기량 마음껏 펼쳐보니
필봉으로 하나 되네
저이는 성현문장가의 문을 빌어 그대 심사
펼쳐내고 나는 천하의 형상 아름답게 그려보니
인생은 유한하나 우리 필적은 영원하리

筆會

一根毫毛
一吹就會消失得無影無蹤
一萬根毫毛合起來
又細又長、又粗又短
十人十色、因人而異
形形色色、各色各樣
左撇右捺、南橫北拐
聚精會神、運筆揮毫
天空雲彩、千變萬化
山川草木、萬物太古
隨著形態
奇奇妙妙、五花八門
今日才能佳人共聚一堂
各揮己長、盡情發揮
筆鋒相會、同心同德
他們借聖賢文章抒發己思
我則借天下形象畫出優美
人生有限筆跡永存

9

Calligraphy and Oriental Paining Contest

A hair.
So light that it drifts away
When gathered together, hairs
have formed a brush.
Some brushes thin. Others thick.
They leave shapes of all things on the paper.
Clouds, mountains, and plants.
Artists have come together.

Each demonstrating his skills.
Some lay bare their hearts in writing.
Others depict the beauty of the universe.
Life is short.
Calligraphy is forever.

兄弟竹　35×70cm

예술이란

먹고 살만하니까 생각하고 만들어가는 것이다
뭉게고 쳐바르고 깎고 붙이고 그리고,
무얼 그리 골똘히 공상에 잠기는가!
고구마 굽다가 냄새가 하도 기가 막혀
요리조리 벗겨가면서 먹는거다
어디서부터 벗겨야 맛있는 것일까
눈 가운데 핀 매화가 애처로워
쳐다보기조차 안쓰럽다
홍매화
가슴앓이를 하도 하여 꽃잎마다 진홍빛
사시사철 산천초목 기운따라 형형색색
우리 앞에 우주조화 찬란하게 펼쳐지내
무엇이 예술인가
이 세상 지금이 진정한 예술이지

何謂藝術

不愁吃穿時想去做的就是藝術
揉碾、塗鴉、雕刻、黏貼
不知那麼專心致志地在空想著什麼

烤地瓜的香味令人垂涎
拿起來剝著皮津津有味地吃
從哪兒開始剝著吃才好吃呢

雪中綻放的梅花楚楚可憐
令人目不忍睹
紅梅花
過度焦心燒紅了每一片花瓣

四季的山川草木隨著節氣各色各樣
我們眼前的宇宙造化燦爛無比
何謂藝術
這世界的現在就是真正的藝術

10

Art is

The way you create something when your stomach is full.
You squash, paint, cut, paste and immerse yourself in deep thoughts.
Like you peel a sweet potato when roasted.
This way and that.
Which way gives the most palatable taste?

Un ume flower shooting from the cover of snow.
Almost unbearable to see.
A red ume flower!
Its heartache rendering each petal crimson.
Plants and trees each vibrant with energy.
The whole universe unfolded before our eyes.

What is art?
The world and the present.
That is what it is.

위선자

남을 위하여 열심히 일하였지만
그것은 나를 위한 것 이었다
착하게 살고 이웃을 사랑하라고 외쳤지만
그것은 나를 위한 것 이었다
좋은 말을 건네고 미소 지으려 했지만 남이 먼저
나에게 베풀었다
자유롭게 행동하고 마음껏 말하고 싶었지만
남에 대한 시선이 두려웠다
나의 과오에 대하여 변명을 주저하지 않았지만
남의 일탈에 대하여 눈을 크게 떴다
받은 도움에 대하여 쉬 망각하였지만
조그만 관심과 배려에 대하여 우쭐대었다
일천한 식견에 대하여 으쓱대었지만 그것은
태양 앞의 촛불 이었다
그것이 바로 나의 위선 이었다

偽善者

為別人盡心地工作
其實那是爲了我
口裡說是善待別人、友愛鄰人
其實那是爲了我
我想祝福別人、微笑待人
可是別人先施愛與我
我想自由行動、盡情抒發己見
但怕別人的視線
對自己的錯誤毫不猶豫地找藉口
對別人的脫軌卻睜大了眼睛注視
輕易地忘卻別人曾幫過我的事
對施與別人的小惠卻得意洋洋
對自己的淺見趾高氣昂
但，那只不過是陽光前的燭光罷了
那些就是我的偽善

Hypocrite

I worked hard for others.
But it was for me after all.

I told others to love their neighbors and
be good.
But it was for me after all.

I tried to say kind words and smile.
But others did so first.

I had wanted to act and speak free.
But I was afraid of critics.
I did not lose a moment giving excuses for my mistakes.
But I didn't lose sight of others' mistakes.
I easily forgot about the help I received.
But I prided myself on an iota of my care and concern.
I boasted my shallow knowledge.
But I couldn't hold a candle to the sun.
I was a hypocrite.

無題16　90×150cm

수화

마음 속의 말을 손으로 전한다
온 몸으로 얼굴 표정도 다양하게
이처럼 진지한 대화가 있을까
전철 속에서 이들의 대화는 그칠 줄 모른다
소리가 없으니 그저 손과 몸짓 얼굴 표정으로
아마도 소리 내어 말하는 우리들의 일그러진
자화상을 비웃고 있는 것은 아닐까
보기에도 답답하지만
이들의 순수하고 진지한 마음의 노래를
우리는 배워야만한다
우리들처럼 한입으로 여러 소리를 낼 줄 모르는
저들이기에
우리도 저들처럼 진정한
수화를 배워야한다

12 手語

將心中的話用手來表達
用全身、用表情，多彩多姿地
哪兒還有這麼誠摯的對話呢
在地鐵里，他們的對話不止不休
沒有聲音，只是用手、用身體、用表情
那是不是在嘲笑用語言交談
而扭曲了的我們這些人呢？
看起來雖然納悶，但
我們要學習他們那清純、真摯的心曲
不像我們用一張嘴說多種話
我們要學習像他們一樣的
真誠的手語

Sign Language

Message is conveyed with hands.
Entire body is brought to bear.
What could be more serious talks?

The dialogue in the subway does not end.
With hands, gestures and facial expressions!
The talks look like a rebuke to us with a mouth to tell.

We should learn the songs of their heart
flowing with honesty and purity.
We need to speak their language of the heart
just as they always say what they mean.

歡喜 (나리) 46×55cm

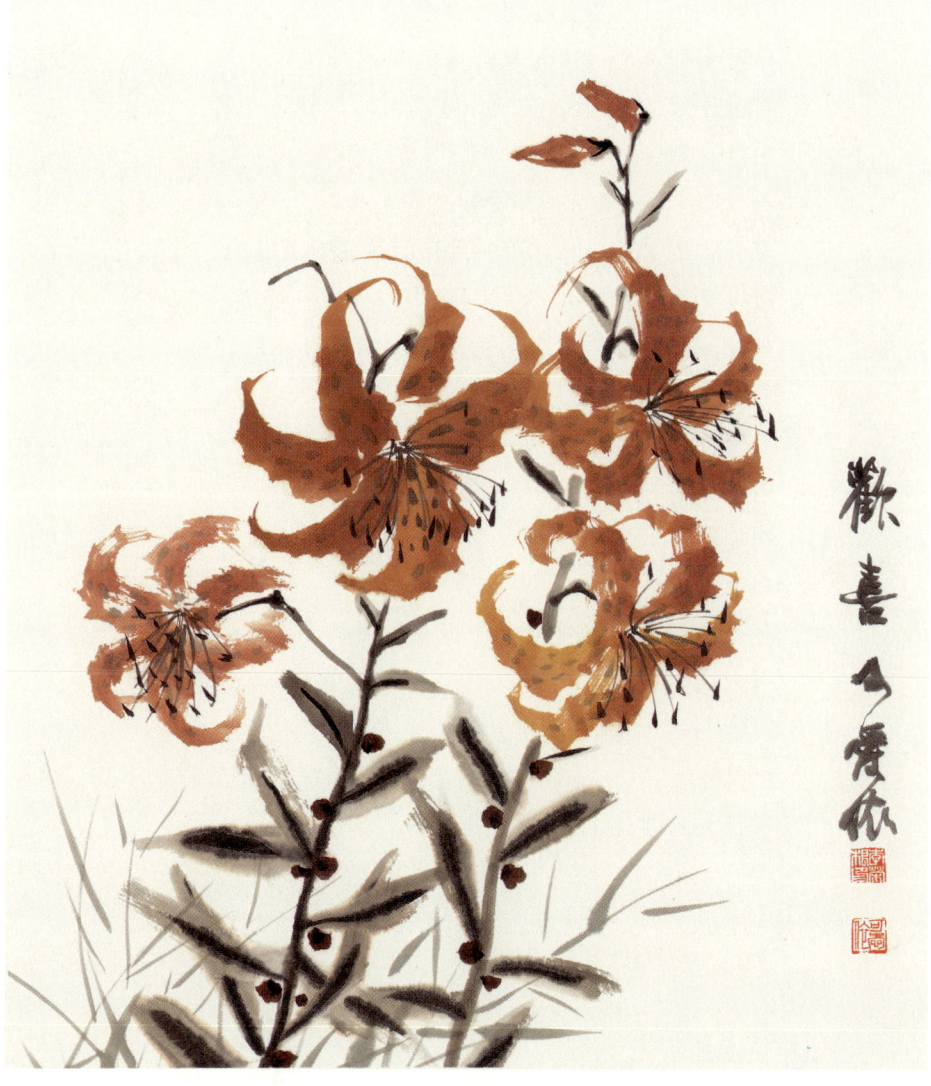

어디계십니까

어제 밤 꿈에서 어머님을 뵈었다
나의 어머니는 영원히 살아 계실 줄 알았다
그러나 내 친구 어머님처럼 홀연히 가시었네
가시던 날 고향 산천의 단풍이 그리도 고왔던 적을
본적이 없다
가시면서도 아름다운 단풍을 선사하시고
그리도 인정이 많으시고 의지가 강철 같으셨던
나의 어머니
오늘 같이 천둥번개가 치는 밤 유난히도
어머니가 그리워진다
밤새워 지난 전쟁 세월 겪은 이야기를 하시던
어머님 말씀 다시 듣고 싶다
재봉틀에 직접 초록 골덴 바지를 만들어 주시던
어머니,
동짓날 새알이 함께 들어간 팥죽을 쒀주시던
어머니,
그날 나는 세 그릇을 먹었다
어머니,
지금 어디계십니까

您在哪兒

昨夜在夢中見到了母親
我以為我母親會永生
但，她像我朋友的母親一樣
忽然離我們撒手而去
她逝世的當天
故鄉山川的紅葉
沒有那麼美麗過
母親在離開我們的那一刻
還把紅葉當禮物送給我們
人情味濃厚且毅力堅強的母親
像今天打雷閃電的夜晚
尤為思念母親
很想徹夜傾聽
母親講述過去身歷戰爭的故事
用縫紉機縫製草綠絨褲的母親
冬至日煮糯米丸紅豆粥的母親
那天我喝了三碗
母親啊！母親，您在哪兒啊！

Where are you?

I saw my mom in my dream last night.
I thought she would be with me forever.
But she is gone with the wind like my friend's mom.

The day she passed away
the landscape of my hometown
could not have been more beautiful.
She showed us the beauty of the colorful leaves
even as she passed away.
You were so kind yet had an iron will.

I miss you, Mom, more tonight
especially because of thunder and lightning.
Wish I could hear your story of hardship again.
The story of the wars you told me deep into the night.

You made me a pair of green corduroy pants on a sewing
machine.
You made me lentil soup with eggs of rice dough.
That day I ate three bowls of lentil soup.
Mom!
Where are you now?

慈母手中線 遊子身上衣
臨行密密縫 意恐遲遲歸
誰言寸草心 報得三春輝

壬辰夏 思母詩 何處依 崇根

遊子吟 (카네이션)　58×46cm

나는 누구인가

하늘의 별과 태양 그리고 달
동화 속의 나라는 아득한 옛날 태고
우주와 자연 그 속에서 억만년을 지내온
생물체, 고등 생명체, 거대한 공룡
드디어 인간이 태어난 것이다
알파와 오메가 처음과 끝이 영원한
오묘한 하나님의 섭리 속에서
인간들 속의 나는 정말 누구인가?
그리고 나의 친구들을 생각해 보아야한다
개미, 꿀벌, 잠자리, 강아지, 채송화, 나리꽃, 기러기
그리고 고래와 잉어
영원히 함께 존재할 것들이기에

我是誰

天空的星星、太陽和月亮
童話中的國度、遙遠的太古
宇宙和自然，在其中度過億萬年的
生物體、高等生命體、巨大的恐龍
最終人類誕生了
阿爾法和奧米伽、開頭和結尾
永遠奧妙地隨著上帝的旨意
在人類當中我到底是誰？
而且要想想我的朋友們
螞蟻、蜜蜂、蜻蜓、小狗、
菜松花、百合花、大雁
還有鯨魚和鯉魚
永遠與我們共存的朋友

Who am I?

Since time immemorial,
stars in the sky, the sun and the moon,
have witnessed the life forms
from micro to higher organisms, colossal dinosaurs,
and human beings.

Who am I
among my fellow men
and between alpha and omega?
What is God's providence for me?
What about my friends?
Ants, honey bees, dragonflies, puppies, rose mosses,
Trumpet lilies, wild geese, whales and carp.

For they will be with me for ever.

春光（닭） 70×70cm

낙천지명

이순에 비로소
지천명을 깨닫다
아니 아직도 불혹에 미련이 있는걸까?
지금은 낙천을 향하여
진정한 하늘의 뜻을 깨닫기를
간절히 기도한다
감사의 은혜를 주신것도
하늘의 뜻인 것을 감사하며
나에게 허락하신 이 시대의 소명이
무엇인지를 진정으로 깨닫기를 바라는
오늘 아침이다

樂天知命

近耳順才覺悟到知天命
至今還對不惑存有迷戀
懇切祈求
在邁向樂天之途感悟到天意

感激上天賦予感謝之恩
賦予我這個時代的使命
今天早上
希望能真正感悟到那是什麼

Enjoying and Knowing God's Will

At sixty, I realized God's will.
Rather, am I still missing the days of my forties?
I pray I can know thy heavenly will
as I advance toward my seventies.

This morning,
I thank God for the grace of
letting me thank him.
I pray I can know thy heavenly will.

風石蘭　68×56cm

얽히고 꼬인 것 (갈등)

칡과 등나무가
서로 엉키어 있다
어디가 처음이고 나중인가!
서로의 공간을 자유로이 넘나들면서
서로 정겹게 살을 맞대고 있다
저렇게 자연스러울 수 있을까!
칡나무는 아마도 생명력의 대명사
척박한 땅에도 마디마다 뿌리를 내린다
등나무는 초서의 대가
일필휘지 한줄기 끝이 없구나
나는 갈등에서 삶의 오묘한 것을 배우지만
사람들은 자유롭게 풀어 헤치려한다

互相糾結的葛藤

葛樹和藤樹
根根相糾結
何處是頭何處是尾
自由地翻越到對方的空間
相互親密地交結著
怎麼能那麼泰然自怡呢
葛樹是生命力的代名詞
在貧瘠的土壤里扎下根基
藤樹是草書名家名筆
一筆揮之即揮毫成書
我從葛樹和藤樹學習生命的奧妙
人們卻肆意地挖土刨根

Entanglements

Kudzu vines and wisteria vines,
grid-locked with each other.
What is the beginning and the end?
Inextricable and intricate,
How natural!

Kudzu vines may represent vitality,
taking root anywhere, even in the wastelands.
Wisteria vines are grass-style calligraphers.
I appreciate the mysteries of life from
their delicate balance.

People, however, are busy trying to
unravel the mysteries to no avail.

無題15　150×68cm

어부의 꿈

만경창파에 일엽편주
바람불어 오늘은 동남쪽으로
바람이 그치니 고기들이 몰려온다
어부는 힘껏 그물을 드리운다
햇살이 부딪히는 은빛 배들을 펄떡이며
눈부시게 빛난다
어부의 얼굴에 환한 미소가 넘친다
손에 느껴지는 묵직함
힘차게 끌어올리고 던지고
오늘도 어부는 수많은 눈동자와 마주친다
그리고 소리없는 그들만의 이야기를
이어간다

漁翁之夢

萬頃碧波上的一葉扁舟
今天吹起東南風
風聲嘎然停止魚群湧來
漁翁使出渾身解數投下羅網
陽光粼粼銀色漁船
閃閃發光耀眼奪目
漁翁滿面春風笑容可掬
手中傳來的厚重感
用力拉網又撒網
漁翁今天也與無數眼眸相撞
仍然無聲地敘述他們的故事

A Fisherman's Dream

A small fishing boat
in the vast stretch of ocean.
The wind blowing it east and south.
The wind stops and fish flock.
The fisherman draws the net.
The sun breaking into pieces
on the bellies of the jumping fish.

A bright smile spreading on the fisherman's face.
The fisherman draws and throws the large catch.
The fisherman today as well
sees the fish eye to eye.
Their stories continue as always.

大慶 (葡)　36×76cm

농부의 땀

새벽이슬 걷어차고 풀섶을 지나
먼 이랑을 지나간다
새벽동이 터온다
오늘도 해와 친구가 되다
뿌려진 땀방울을
그대는 기억하리
풍성한 가을날의 안락함을
무엇보다 순수하고 정직한 땀방울을
보석보다 영롱한 이마의 땀방울
한줄기 바람이 스쳐지나가다

農夫的汗水

踏著晨露走在草間
越過遠方的田埂
東方即將破曉
今天仍與太陽同伴而行
揮灑的汗珠
你會記得的
在豐秋的安樂里
純真正直的汗珠
比珠寶更玲瓏剔透的汗珠
一縷清風拂面而過

The Sweat of a Farmer

Treading on the morning dewdrops,
breaking through the grass,
the farmer walks along the long furrows.
The dawn breaks.

He becomes friends with the sun also today.
The beads of sweat dropping from his face
forecast the cornucopia of the fall.

A current of wind brushes past
the sweat on his forehead.
Pure and honest.
Brighter than gems.

傾枝滿穀 (보리)　39×46cm

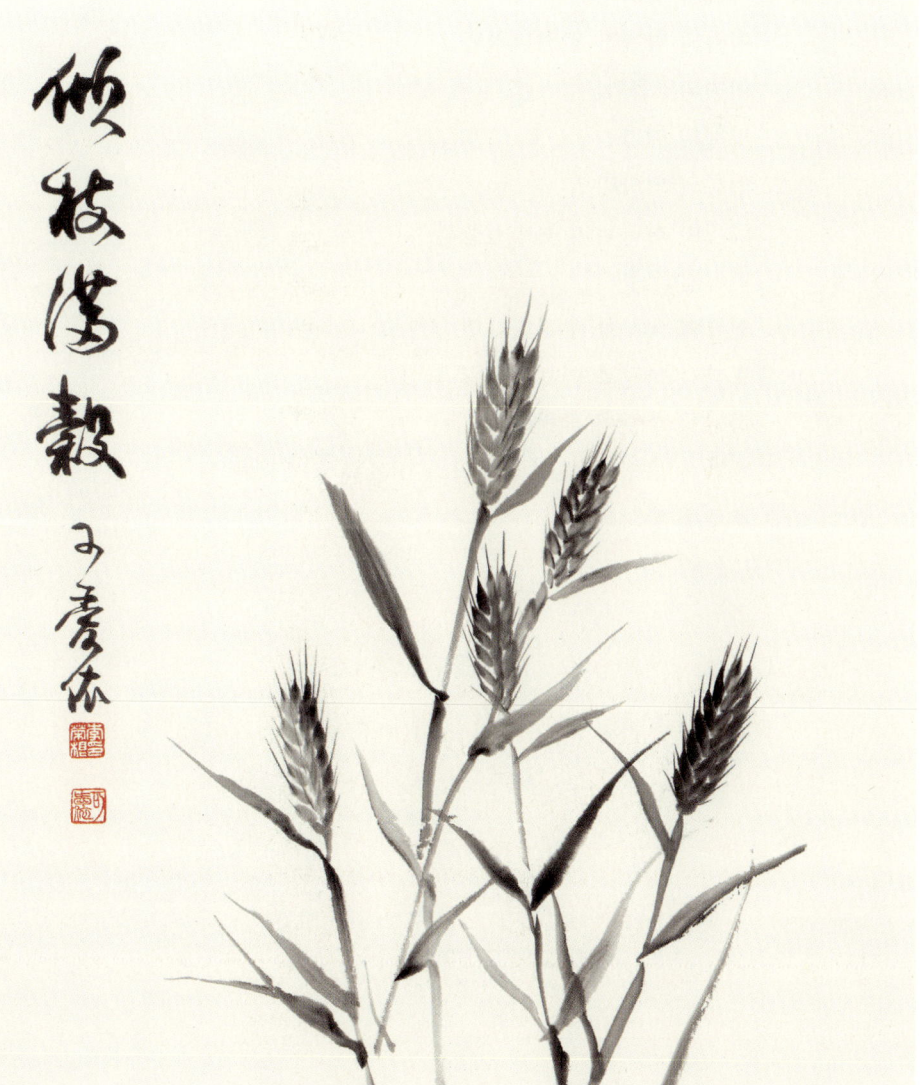

아담과 이브

아담과 이브
이들의 파계가 없었더라면
어찌되었을까!
파계의 대가가
인류의 역사라면
그것이 하나님의 뜻이었을까
하나님의 뜻이
인류의 역사를 부정한다면
또다시 아담과 이브를 창조하실까
하나님의 뜻이 두려워
인간은 끝없이 새로운 아담과 이브를 동경하게 될 것이다
우주를 향하여

亞當和夏娃

亞當和夏娃
若是沒有他們的破戒
會是什麼樣子
破戒的代價
是人類歷史的話
那麼那是上帝的旨意嗎？

上帝的旨意
若是否定人類的歷史
還會不會再創造亞當和夏娃
也許是懼怕上帝的旨意
人類會無止境地
朝向宇宙
嚮往亞當和夏娃

Adam and Eve

What would have happened
had Adam and Eve not fallen?
Have the fallen men been the
providence of God?

Would God create Adam and Eve again
if God disowned men?

In fear of God,
men are bound to hope for a new Adam and Eve
till the end of the world.

아담과 이브 (牡丹) 59×46cm

경천동지

1억 5천만년 전
이름하여 쥬라기 백악기시대
이 땅의 주인공이었던 공룡아저씨
35톤 길이가 무려 37미터
그 발자국에 뭇짐승들이 빠져죽었다
한 때는 이 지구상에서 유일한 강자
이제는 인간에게 그 자리를 양보했지만
언제까지 인간은 그 주인공
역할을 감당할까
한번 포효하니
하늘이 놀라고 지축이 흔들린다

20

驚天動地

一億五千萬年前
所謂的侏羅紀白堊紀時代
這國度的主人公是恐龍先生
重三十五噸，長三十七米
那足跡裏的水淹死了所有的動物
曾經一時牠們是這世上唯一的強者
但牠們把那位子讓給了人類
人類可能會一直擔當
那主人公嗎？
咆哮一聲
驚天動地

Awe—struck

One hundred and fifty million years ago,
in the Jurassic and Cretaceous Period,
Dinosaurs dominated the earth
weighing thirty- five tons and standing thirty-seven
meters tall.

Animals perished into their footprints.
Once the lords of creation,
they gave way to humans.
How long will men remain the lord?

At their roars,
the earth shakes,
the sky cracks.

無題24　68×150cm

흉내 내기 (효빈)

가슴앓이 서희의 찡그린 얼굴
흉내 내다가 동내 사내들 줄행랑
하늘이 주신 고귀한 이 모습 그대로
세상에 오직 하나밖에 없는 나
천성과 천연의 모습 그대로
타인과 비교하지 말고 따라하지도 말자
그러나 벌과 나비 그리고
채송화 봉선화의 눈부신 꽃잎들이 속삭이는
모습은 흉내 내어 보자
이 밤에도 풀벌레 소리가 정겨운 것은
우리네 소리를 흉내 내지 않고 그들만의
소리를 들려주기 때문

21

效顰

西施患疾而皺眉
東施效顰嚇跑人
上天賦予高貴相
世上唯有我自己
天性和天然原貌
不要與別人比較
也不必效仿他人
自我天性最為貴

唯有蜜蜂和蝴蝶
菜松花和鳳仙花
耀眼的花瓣私語
請模仿花兒蟲兒
夜間草蟲鳴叫聲
那麼動聽又悅耳
它們不仿人類聲
發出自己天籟聲

Mimicking

Courting guys were rebuffed,
mimicking the beauty's frowning face.
I am unique with the image
created by God.
Let us not compare nor mimic.
Instead let us mimic the bees, butterflies,
and the petals of rose moss and garden balsam.
Chirpings of insects tonight sound as pleasing as ever.
For they are not mimicking.

刘蕴一幅菊妍华翠
叶红黄色之笔间嗣书相
倾倒栗墨依然 王柳家

晚秋（菊） 70×46cm

가애의

이 세상 모든 성현들은
서로 사랑하라 말하였다
그러나 사탄의 계략에 빠진
인간들은 서로를 증오 한다
오늘도 사랑의 포로가 되어 수많은
갈등과 열락을 경험하지만
진정한 사랑을 동경 하리
모든 대상을 사랑하고
그 사랑에 온전히 의지하는 것만이
모든 걸 가능케 할 것이니
그것은 오직 이 세상을 창조하시고 구원하신
오직 한 분
하나님

可愛依

此世上諸位聖賢
讓人們相互相愛
陷入撒旦詭計者
卻互相憎恨對方
今天還有很多人
成為愛情之俘虜
體驗矛盾和愉悅
卻嚮往誠摯愛情

關愛所有的對象
完全可以依賴的
世上唯一的真愛
萬事都變得可能
那就是唯一的神
創造這個世界的
并救援人類的神
就是唯一的上帝

Philanthropies

All saints say,
Love one another.
Men snared by Satan
hate.

Men and women captive in Eros,
have joy and conflicts on and off.
For me, I wish to seek true love.
I wish to love all.

True love will deliver us.
True love of our creator and savior
will redeem us.

세상 이야기

나는 매일 추상화를 감상한다
각양각색의 수의 사의화(隨意寫意畵)를
그곳에는 대자연과 더불어 살아가는 사람들의
모습이 담겨있다
그야말로 총 천연색이다
매일 보아도 다른 모습 질리지 않는다
항상 새로운 그림이 자동적으로 나타나기 때문
어제는 유전무죄(有錢無罪)
오늘은 무식유용(無識有勇)
내일은 점입가경(漸入佳境)

世態

每天欣賞抽象畫
各色各樣隨意的寫意畫
畫裡有在大自然裡隨緣生活的面貌

那真是純天然色
每天觀賞也不覺得厭煩
因為總是會有新的景象自動地出現

昨天是有錢無罪
今天是無識有勇
明天是漸入佳境

Tales of the World

I view the abstract paintings
day in and day out
in various shapes and colors.
I view the tales of people
depicted in natural colors.

I am never fed up.
For new pictures unfold every day.

Yesterday, a man judged guilty
for lack of money.

Today, a man acting bravely
for lack of knowledge.

Tomorrow, a more exciting scene.

喇叭花迎我　55×45cm

별들에게 물어 본다

모래알같이 많은 별들에게 물어 본다
지구와 같은 별이 있는지
그곳도 인간들이 살고 있는지
태양과 바람, 바다와 산
그리고 꽃이 있는지
밤하늘 별들에게 물어 본다
하루가 있고 세 번 먹어야 사는지
별들끼리는 다투지 않는지
무수히 떠있는 별들은 대답이 없다
오직 인간들만이 말을 만들어 내고 없애고 할 뿐
그 별들도 우리 지구를 보고 물어보겠지
공룡이 살고 화산이 밤낮으로 세상을 뒤덮고 있는지
언제쯤 서로 이야기 할 수 있는지

請問星星

請問多如沙粒的星星
那兒有沒有像地球一樣的星星？
那兒有沒有人類住著？
那兒有沒有太陽和風，碧海和青山？
還有沒有花兒？
請問夜空上的星星
那兒有沒有一天，要不要吃三頓飯？
星星之間會不會爭吵？
繁多的星星默不作答
只有人類創造語言又消滅語言
那些星星看著這樣的地球會問
那兒還有沒有恐龍？
還有沒有火山晝夜爆發？
何時可以互相對話？

Asking the Stars

I ask the stars as numerous as grains of sands.
Is there a planet just like the earth?
Are humans living there?
Are there the sun, the wind, the sea, the mountains?
And flowers?

I ask the stars in the night sky.
Are there days and nights?
Should one eat three times a day?
Are there conflicts between stars?

The stars never answer.
Men only make stories and refute them.

The stars must be asking us the same.
Are there dinosaurs?
Do volcanoes erupt?

When will be the day
we can talk?

宙宇極樂　90×150cm

삼쾌

상쾌한 아침, 햇살, ☐
유쾌한 여행, 식사, 등산
통쾌한 승리, ☐, ☐

상쾌한 바람, 대숲, 기분
유쾌한 만남, 보답, 소풍
통쾌한 기부, ☐, ☐

상쾌한 향기, 느낌, 밀냄새
유쾌한 헌신, 봉사, ☐
통쾌한 결정, 열정, 각오

三快

爽快的早晨、陽光、☐
愉快的旅行、用餐、爬山
痛快的勝利、☐、☐

爽快的清風、竹林、心情
愉快的邂逅、報答、郊遊
痛快的捐贈、☐、☐

爽快的香氣、感覺、麥香
愉快的獻身、服務、☐
痛快的決定、熱情、覺悟

Three Pleasures

Fresh morning, sunshine, and ☐
Pleasant trip, meal, and hiking
Sweet victory, ☐, and ☐

Fresh wind, bamboo trees, and feeling
Pleasant encounter, recompense, and picnic
Generous donation, ☐, and ☐

Fresh aroma, feeling, and smell of wheat
Pleasant dedication, service, and ☐
Courageous decision, passion and commitment.

木蓮　63×57cm

木末芙
蓉花山
中發紅
萼澗戶
寂無人
紛紛開
且落

우주의 비밀

언제부터인가? 무시(無始)

언제까지인가? 무시(無時)

어디까지인가? 무한(無限)

빅뱅의 폭발로 이 우주는 탄생되었다

별들의 이야기

그 비밀을 알려다 신들의

노여움을 사는 것은 아닌지

불구심해(不求甚解), 너무 깊이 알려 하지마라

그러나 궁금하다

오늘도 우주선의 이야기가 들려온다

아폴로, 콜롬비아, 신주

宇宙的秘密

從何時開始？無始
到何時為止？無時
到何處為止？無限
大爆炸的爆發誕生了宇宙
星星的故事
是不是想挖掘那秘密
而觸犯了神呢
不求甚解
但還是想知道
今天聽到了太空船的故事
阿波羅、哥倫比亞、神舟

Mysteries of the Cosmos

Since when?
Until when?
Up to where?
Big Bang gave birth to the universe.
The rest, the story of stars.

Trying to solve the mystery,
I may incur the wrath of gods.
I am wondering nevertheless.

I hear the news of spaceships.
Apollo, Columbia, and Shenzhou.

無限宇宙　165×153cm

이데올로기

나는 보수, 그중에도 골통보수
너는 진보, 그중에도 급진좌파 진보
그는 중도, 그중에도 이중대중도
서로의 경계는 어디까지인가 ?
이들에게 그림공부를 시켜야한다
한두 색깔만으로는 그림을 그릴 수 없으니까
그런데 누가 그림공부를 지도할까
우리는 민주, 그중에도 우리식 민주
너희는 공산, 그중에도 변화된 공산
그대는 중립, 그중에도 연립중립
이들에게 합창단 노래연습을 시켜야한다
한 두 명으로 한 목소리로는 안되니까
알토, 테너, 베이스, 소프라노
그런데 지휘자는 누구인가

理念

我是保守，是保守派中的傳統保守
你是進步，是進步派中的激進進步
他是中道，是中道派中的模擬中道
相互之間的界線是什麼呢？
其實要教他們繪畫
因為只用一兩種顏色是無法完成的
那由誰來教畫呢？

我們是民主，是民主中自主式的民主
你們是共產，是共產中變革式的共產
他們是中立，是中立中聯合式的中立
其實要教他們合唱
因為只有一兩個人的音是組不成的
男低音、男高音、女低音、女高音
那由誰來指揮呢？

Ideology

I am a conservative. An extreme conservative.
You are a progressive. A radical leftist.
He is a centrist. A cat's paw.
What is the distinction?

They should be taught how to paint.
For they can't paint with one or two colors.
But then who will teach?

We are democrats. Korean style.
You are communists. Modified communists.
They are centrists. Neutral coalition.

They should be taught to sing in unison.
For they can't sing in one or two voices.
Alto, Tenor, Base and Soprano.
But then who will conduct?

無題7　90×170cm

연비어약

독수리 날개 치며 날아오르는 창공
마음껏 헤엄치고 뛰어노는 바다 속의 해계
어느 곳이나 이르는 곳마다
상도(常道)가 있나니
더 높이 더 멀리 더 빠르게
높이 나는 새가 멀리 보듯이
무엇을 보았는가?
무엇을 잡았는가?
어떻게 놀았는가?
이르는 곳마다 꿈꾸는 너의 세상
더 높은 곳을 향하여
언제나 그러하리

鳶飛魚躍

老鷹展翅飛翔
直衝向的蒼空
可以自由游泳
藍海裡的海界
不論何處
所到之處
都有常道

更高更遠更快
高空飛翔之鳥
可以高瞻遠矚
都看到了什麼
都捕獲了什麼
怎麼飛翔遨遊
所到之處
都有夢想
向著高處
終會圓夢

Way Everywhere

The sky where eagles soar,
The ocean where fish swim,
Wherever we go, there is a way.

Higher, Farther, Faster,
The soaring bird sees more.
What did you see?
What did you get?
How did you do it?

Whatever you do,
aim higher than ever.

雄飛 (독수리)　46×70cm

친구

해지 줄 모르고 놀았던 코흘리게 소꿉친구들
장난치고 싸우면서 함께 크는 학교친구들
웃으면서 눈 흘기는 직장동료 친구들
긴장하며 웃고 여러 표정으로 만나는 사회사업 친구들
한 가지 목적과 가치를 가지고 만나는 회원친구들
오가며 만나는 선후노소가 없는 그냥 편한 친구들
진정한 의미의 친구는 무엇일까?
그리고 나의 친구는 누구인가?
또한 나는 누구의 진정한 친구인가?
붕우인가

朋友

不知天早已落幕
仍在玩耍的兒時朋友

互相打鬧和遊戲
一起學習的學校朋友

面笑心里卻不笑
一起工作的公司朋友

緊張而強顏歡笑
多重面孔的商場朋友

只爲一個目的來
追求價值的畫院朋友

來往相識的老少
平心舒坦見面的朋友

真正意義友為何
我的朋友又是誰
而我又是誰摯友
朋友朋友我朋友

Friends.

Childhood friends,
We played until sunset.

Classmates,
We played together.

Colleagues,
We were jealous of each other.

Business partners,
We meet with a poker face.

Club members,
We meet with a common purpose.

Bosom friends,
We are just friends.

Which is a real friend?
Who is my friend?
Whose real friend am I?
Whose real friend?

萬玉玲瓏 (梅) 35×91cm

나의 기도

어디에 계십니까?
분명히 계시다는데 왜 나에게는 손에
잡히지도 눈에도 보이지 않으십니까
이렇게 이 세상에 보내셨으면 하나님이
계시다는 것을 진정으로 깨닫고 느끼고
함께 살아갈 수 있게 하여주소서
오늘도 저와 함께 하시는 하나님
온 세상 모든 사람이 어제도 오늘도 내일도
영원히 찾으시는 우리의 하나님
선과 악 천사와 사탄 이 세상
모든 만물을 창조하신 하나님
한 가지 간절한 기도는 하나님이 창조하신
그 모든 것들이 함께 공존이 아닌
공영할 수 있게 하여 주시옵소서!

30

我的禱告

您在哪兒？
您分明存在
為何我摸不著您
也看不到您呢？

您讓我來到這個世界
祈求您讓我真正的覺悟到
您存在於這個世界
祈求您讓我在您身邊生活

今天也與我同在的上帝
世上所有的人
昨天今天明天永遠在尋找的
我們的上帝

善與惡，天使與撒旦
創造世上萬物的上帝
我懇切地向您祈求
萬物不是共存而要能共榮

My Prayer

Where are you, my Lord?
How come you are intangible and invisible?
Please let me have certainty of knowing
you exist and let me walk with you.

My Lord, who is with me today.
My Lord, whom all the people of the world
sought, seek and will seek.
My Lord, the creator of good and evil,
angels and Satan,
and the universe.

My ardent prayer is
not only coexistence but co-prosperity of all.

求道　90×120cm

추상화

그 모습 그대로 그릴 자신이 없다
끝없이 스쳐지나가는 상념들 속에서
나는 나의 꿈을 찾고 있다
아마도 현실에서 이루지 못한 나의
간절한 소망이겠지
빨, 주, 노, 초, 파, 남, 보
이상한 것은 내가 그리고도
무엇을 의미하는지 잘 모르는 것이다
그러나 시간이 지날수록 점점 선명해 보이고
뚜렷하게 느껴 진다
아마 우리네 인생도 이러하겠지
우리 인생은 추상화
나의 꿈을 좇아서

抽象畫

我無信心畫出原來的模樣
在不斷掃過腦海的念頭里
尋找我的夢
大概在現實裏無法實現的
迫切的願望
紅、橙、黃、綠、藍、錠、紫
奇怪的是我自己畫的畫兒
到底是意味著什麼也不知
隨著時間的流逝
慢慢地變得清晰了
明顯地感受到了
大概人生也是如此吧
人生是一副抽象畫
是要追尋自己的夢

An Abstract Painting

I doubt I can paint it as is.
I am looking for my dream
among myriads of thoughts.
It must be my desire unrealized.

Red, Orange, Yellow, Green, Blue, Indigo, Violet.
Not sure what I painted.
Pieces come together as time passes.
Life may be like this.
Our life is an abstract painting.
I am chasing my dream.

抽像　70×140cm

나의 상그릴라

저 청산에 무릉도원이 있다기에
있는 힘을 다해 찾아 왔네
그곳은 영원한 삶과 행복이 넘쳐나는 곳
이 세상에서 경험하지 못한
지순지고의 경지!
아마도 신선만이 사는 곳 이겠지
그러나 입산금지
천국에서 발행한 통행증이 없어서 불가
근처에 있는 어느 도인이 말하기를
당신의 상그릴라는
바로 당신의 마음속에 있다네
당신의 마음이 바로 천국일세

我的香格裡拉

對岸青山有武陵桃園
費盡全力找到了這兒
此處充滿永生和幸福
是人世間無法體驗的
至高至純的神仙境地
不過卻禁止人們入境
因為沒有天國發行的
入山通行證而不得入
在附近的一位道人說
你的理想鄉香格裡拉
就存在於自己的心中
你自己的心就是天國

My Shangri—La

I have come to the foot of Shangri-La,
Paradise in the mountains,
where eternity and bliss exist,
the purest place of all.
Dwelling place of the mountain gods.

But the sign says,
No Trespassing.
Not allowed in without a pass issued by heaven.

An ascetic nearby says,
Your Shangri-La is in your heart.
Your heart is your Paradise.

無題4　86×86cm

정반합

그것은 위선과 증오, 탐욕과 오만함의 극치
그것을 거부하는 간절한 기도, 눈물과 화해의 선물
인류역사는 아마도 상반된 두 가치의
반복과 정반합의 연속
그것을 나는 유치원 학예 발표회라 부른다
더 세련되게 말하면 한편의 드라마
문명의 약을 잘못 먹은 부작용
대자연의 도전에 대한 응징
진정한 반성이 없는 한 그 정반합은
반복되리라
인류의 모든 석학들은
진정한 헛 똑똑이 들이다.

正反合

那兒充滿了偽善和憎恨、貪婪與傲慢
那兒拒絕誠懇的禱告、眼淚和和解的禮物
人類的歷史大概就是相反的兩個價值
反復重演和正反合的連續
我想說那是幼兒園的表演會
說得更時尚點兒是一篇戲劇
是吃錯了文明藥品的副作用
是向大自然進行挑戰的懲罰
沒有真正的反省
那正反合會重演
人類所有的碩學
都是一些真正的
無大智的小聰明

Thesis—Antithesis—Synthesis

Hypocrisy, greed and arrogance;
Resistance, prayer, tears and reconciliation.
Human history of Thesis-Antithesis-Synthesis.
Repetition of conflicting values.

I call it Kindergarten presentation,
A drama,
Side-effects of a dose of civilization,
Chastisement for abusing Nature.

Thesis-Antithesis-Synthesis will repeat itself
in the absence of repentance.

All the great scholars are
in name only.

無限　70×70cm

李 榮 根

이영근

Lee Young Geun

· 1952年 5月 27日生(壬辰)
· 雅號 : 可愛依, 忍齋, 永泉
· 忠南大學校 工大 化工科 卒業(1978)
· 前 起亞自動車 勤務(1977~1998)
· 韓國書家招待展(1981), 台灣國立歷史博物館
· 第一回 個人展(1987. 12), 世宗文化會館(書藝)
· 第二回 個人展(1996. 5), 世宗文化會館(書藝)
· 第三回 個人展(2012. 12), 韓國美術館(詩書畫 左右手)
· 韓·中·日 文化交流展(1981~)(北京, 上海, 濟南, 東京 等)
· 第一回 韓·中 書畫交流展 主催(2010. 10), 北京
· 第二回 韓·中·馬 三國書畫交流展 主催(2011. 9), 馬來西亞
· 韓國書家李榮根招請筆會(2011, 2012. 4·6月) 哈爾濱, 靑島, 大慶
· 韓國基督敎美術人協會 會員
· 韓國左手書家會 創立(2010)
· 韓·中 書畫交流協會 會長(2010~)
· (株)KOI(코이) 代表理事(2000~)
· 北京可愛依工貿有限公司 董事長(2006~)

· 著書 : 『겨울이 오기 전에』(可愛依 詩畫集)
　　　　『可愛依 李榮根 詩書畫集』

· 住所 : SEOUL特別市 江南區 淸潭洞 134-21
　　　　三益APT 10棟 106號
· 電話 : 02-514-4170 / 019-257-7170
· E-mail : koi8338@yahoo.co.kr

· Born on the 27th of May, 1952
· Pseudonym : Gaeui, Inje, Youngcheon
· Address : Samick Apt. 10-106, 134-21, Chungdam-Dong, Gangnam-Gu, Seoul, Korea
· Telephone : 02-514-4170, 019-257-7170
· Graduated from Chungnam University, with B.A. in Chemical Engineering in 1978
· CEO of Gaeui Industry and Trade Co., Ltd in Beijing (Since 2006)
· CEO of KOI Gaeui Co.(Since 2000)
· Published a collection of Gaeui poems, "Before Winter Comes.
· Chairman of Korea-China Calligraphy-Painting Exchange Association(Since 2010)
· Established Korea Left-handed Calligraphers Association in 2010
· Member of Korea Christian Artists Association
· Attended Korean Calligraphers Meeting in Ha'er bin, Qing'dao and Da'ging in 2011 and in April and June, 2012
· Hosted the 2nd Korea-China-Malaysia Calligraphy-Painting Exchange Exhibition in Malaysia in Sep. 2011
· Hosted the 1st Korea-China Calligraphy-Painting Exchange Exhibition in Beijing in Oct. 2010.
· Attended Korea-China-Japan Cultural Exchange Exhibition in Beijing, Shanghai, Jinan, and Tokyo since 1981
· Held the 3rd Solo Exhibition at Hankuk Art Museum, with poetry, calligraphy, and painting (left and right hand work) in Dec. 2012
· Held the 2nd Solo Exhibition at Sejong Cultural Center with calligraphy in May 1996
· Held the 1st Solo Exhibition at Sejong Cultural Center with calligraphy in Dec. 1987
· Attended Korean Calligraphers Exhibition held by Taiwan National History Museum in 1981
· Worked for KIA Motors Corp.(1977-1998)

가애의 이영근
可愛依 李榮根
Lee Young Geun

詩 畫 集
Poem, Painting Book

발행일　2012년 12월 5일

저　자　이 영 근
　　　　서울시 강남구 청담동 134-21
　　　　삼익아파트 10동 106호

발행처　이화문화출판사
　　　　서울시 종로구 내자동 167-2
　　　　Tel.02-732-7091, Fax.02-725-5153

정　가　15,000원

ISBN 978-89-89842-90-3 03810